KB183975

시인의 사계절

시인의 사계절

초판 1쇄 발행 2024년 12월 12일

지은이 | 조준환
만든이 | 이한나
펴낸이 | 이영규
펴낸곳 | 도서출판 그린아이

등록 연월일 | 2003. 12. 02.
등록 번호 | 제2-3893호
주소 | 서울특별시 은평구 녹번로 6-11, 201호
전화 | 02)355-3035 팩스 | 031)965-4679
이메일 | gmh2269@hanmail.net

ISBN 979-11-91376-44-9(03810)

시인의 사계절

조준환 시집

그린아이

한 편의 시가 나온다는 것은 예사로운 일이 아닌 것 같습니다.

목회를 최우선에 두다 보니 메모로 남겼던 시들을 정리하기까지 많은 시간들이 흐른 것 같습니다. 그럼에도 이제야 선을 보이게 된 것에 대단히 감사하게 생각합니다.

봄, 여름, 가을, 겨울은 어쩌면 우리 인생에 비유하기도 하는데, 그래서 제목을 '시인의 사계절'이라고 붙여 보았습니다. 아직은 미숙하고 부끄럽지만 이후에 제2집이 나온다면 더욱 알차고 성실하게 준비할 생각을 해 봅니다.

제 시를 읽는 분 중에 단 한 편에서라도 조그마한 감동을 느낄 수 있다면 더없이 감사한 일이고 기쁜 일입니다.

그동안 바쁘신 중에도 많은 격려와 지도를 아끼지 않으신 정려성 목사님과 『사상과 문학』의 박영률 목사님께 감사드립니다. 또한 원고를 정리해 주신 강순구 목사님과 아름다운 표지 그림으로 섬겨주신 이명례 화백님, 출판을 맡아주신 도서출판 그린아이 대표 이영규 장로님께도 마음 깊이 감사드립니다.

아울러, 기도해 주신 한국목양문학회 선후배님들의 문운창성을 기원드립니다.

2024. 가을에
조준환

더욱 알차고 귀한
다음 작품들을 기대하며

시인 **정려성** 목사

시인 조준환 목사님의 첫 번째 시집 『시인의 사계절』을 읽으며 다음 몇 가지 소감을 적고자 한다.

조준환 목사님의 시편들은 거의가 '노래'라고 할 수 있다. 때 묻지 않은 아이들의 노래, 세파에 시달리면서도 결코 동화되지 않은 푸른 솔 같은 시편들이다.

봄, 여름, 가을, 겨울 등 자신의 삶을 되돌아보면서 꿋꿋한 의지와 부드러운 사랑의 삶이 고여 있다.

대략 사계절과 인생을 동일시하고 있으며 자연, 가족, 일상을 한 편 한 편 동시처럼 써 가면서도 목회자로서의 삶의 자세를 견지하고 있다.

특히 어머님과 가족에 대한 사랑은 더욱 두드러진다.

조준환 목사님은 목회자로서 중동선교에 중점을 두었고, 특히 카타르 한인교회의 초대 담임목사로서 중동에 나가 있는 교민과 노동자들, 모든 직원들의 신앙 지도에 앞장섰으며, 귀국 후에는 병원 원목으로서 불우한 환자들을 돌보며 온누리교회 담임으로 사이사이 귀한 시편들을 모아 이 시집을 출판하게 되었다.

끝으로 더욱 알차고 귀한 다음 작품들을 기대하면서 축하의 말씀을 드린다.

목 차

제1부 **봄향기**

목 차

제4부 **겨울 나무**

제5부 나의 계절

제1부

봄향기

아침빛

하늘과 바다
경계선을 넘어
떠오르는 태양
힘차게 솟아오른다

만물들 잠에서 깨어나고
약동하기 시작하니
식었던 대지가 달아오른다

초롱초롱한 눈망울들
반짝반짝 빛이 난다
생명의 빛이다
창조주의 은총이시다.

입춘을 기다리며

아직 입춘이
오지 않았는데
산천은 연하디연한
연두색으로 덮였고,

응달엔 눈
아직도 쌓였는데
봄은 마른풀 속에서
얼굴을 내민다

두툼한 옷 아직도 그대로이고
시베리아 칼바람
귓가를 스쳐가도,

봄은 마음에 벌써 와 있고
소녀처럼 두근거린다
봄향기가 피어오르는 날에.

봄날에 1

아직 시린 겨울인데
기다리던 봄이
양지바른 마른풀숲
그 속에 파란 싹으로
와 있었다

얼굴이 마주치는 순간
가슴이 두근거리고 벅차오른다

꽃피고 벌나비 날아오르는
향기 그윽한 그날 생각에
가슴은 풍선을 타고
날아오르고

소풍 가던 그 봄날이
눈앞에 아롱거린다.

봄향기

날리는 눈발 뚫고
너는 어디서 오는가

산에서 들에서
강변에서 오는가

사람들 마음속에
봄향기로 찾아와
가슴 설레게 하고
그리움 주고
먼 하늘 바라보게 하는가

아직 귀가 시리고
찬바람 부는데
벌써 찾아온 봄향기
가슴으로 밀려온다.

봄비

입춘을 맞이하려면
아직 더 기다려야 하는데
봄을 재촉하는 눈비 내리니
세상이 깨끗해졌다

물먹은 산허리
하얀 구름 휘감아 도는데
바람은 어디에서 쉬고 있나

앙상한 가지들
휘파람 소리 이제 멈추고
껍질 벗고 나올 생각에
연둣빛 얼굴들 수줍어한다

봄비 그친 파란 하늘 아래
서성이는 봄바람
금방이라도 불어올 것 같아
가슴이 설레인다.

봄날에 2

산들바람 불어오니
꽃잎들 무성했던 자리에
파란 순 여기저기 돋아나고

꽃들이 속삭였듯이
잎들이 속삭인다

세상은 온통 연둣빛 물결
형형색색 창조주의 손길에서
빚어지고 그려진 수채화

꽃이 피고 지는 봄
쉬지 않고 찾아오는 바람

하늘이 하늘처럼
해가 해처럼 보이는 날

봄빛이 좋다고 밖으로 나오는
사람들.

홍매화 1

아직은 혹독한 바람
불어오고
눈 아직 쌓였는데
꽃소식 들려오네.

긴긴 겨울은 아직도
아득하고
두툼한 목도리
칭칭 감았는데

추위를 뚫고 당당히
세상에 나와
그 고운 몸매 드러내는
홍매화

꽃향기 소식에
창문을 열어보니

거기 봄기운이
수줍은 얼굴로
방긋이 미소 짓고
손님처럼 서 있네.

홍매화 2

혹독한 바람이
주춤거리는 사이에
홍매화 꽃망울
활짝 웃고 나오던 날

여기저기 사람들
새 신부 보듯 모여들고
수줍은 얼굴 더 붉게
물들어가는 날

아직 따뜻한 목도리
목에서 풀지 않았는데

마음은 이미 봄날 되어
설레는 마음은
붉은 꽃잎이 되었다.

목련꽃 1

고목 같은 가지에
매달린
목련꽃 봉오리

그 부드러운 솜털 사이로
아침빛
수북이 쌓인다

금방이라도 활짝 피어
그 순결함
보여주고 싶은데

봄을 실은 바람이
세차게 지나간다

가지가 흔들린다
아침빛이 흔들린다.

목련꽃 2

하얀 빛으로 다가온
목련꽃

하늘의 천사가 내려와
그 하얀 마음
꽃이 되었다

다시 못 가는 저 하늘
사모하고 그리워서

날마다 하늘 우러러
두 손 들고 기도하는 꽃

오직 하늘만을
바라보는
일편단심 꽃

보고 있노라면
나도 목련처럼
하늘을 쳐다본다.

4월이 오니

한 줌 봄볕이 귀하고 귀하던
3월이 가고
더 여유로운 4월이 오면

여기저기서 꽃들 피어나고
비단결같이 부드러운
꽃향기 바람에 실려간다

햇빛 비치고 바람 불어도
비가 뿌려지고
안개 자욱해도
어색하고 수줍은 얼굴
살짝 내민다

처음 보는 세상이 신기한가
서로서로 마주보며
미소짓는다.

봄바람

먼 그 옛날 초가집 울타리
기대어 웃던 장미꽃
춤추게 했던 바람

여기 골목길 담장 넘어
장미꽃 찾아와 춤추게 한다

변함없이 찾아오는 바람
어디서 왔다 어디로 가는지
아무도 모른다

사시사철 세월을 돌리고
인생들을 주름지게 하니
참 기묘하다

바람이 가면 산은 바다가 되고
나무들은 파도가 되어 넘실거린다

어머니 품속 같은 봄바람
싱그러움 가득한 이불이다
그 5월에 산다.

장미꽃

정열의 꽃 장미를
한 송이 꺾어
사랑하는 사람에게 전하고 싶은데

신은 함부로 꺾지 말라고
가시를 주었지

누가 먼저 붉은 꽃잎 따다
입술에 붙여 봤을까

이후로 여인들 입술에
붉은 립스틱 바르게 되었으니

오늘도 담장 너머
지나가는 사람들 보며
웃고 있는 장미꽃.

이팝꽃

5월에 피는 꽃
활짝 필 때는
흰 쌀밥을 수북이
올려놓은 것 같고

조금 지나면
백설기 시루떡 같고
꽃잎이 지면
잎 무성한 숲이 된다

향기는 바람 타고
끝없이 날아가고

청순한 꽃 아래서는
감탄만 들린다.
와!

들꽃

산으로 가는 길에
이름 모를 들꽃 한 송이
저만치 피어 있다

어쩌다 여기까지 왔을까
궁금해 물어 보아도
웃기만 하고
바람이 스쳐가도 웃기만 한다

늦은 봄 꽃들은 시들어
자기 고향 찾아가는데
예쁜 꽃
소녀처럼 웃고만 있다

다음에 찾아와도 저 모습
볼 수 있을까
인적이 드문 길가에
홀로 피어 있는 예쁜 꽃.

호박꽃

작은 호박 하나 달고
노란 호박꽃이
너무 귀엽게 피었다

이렇게 예쁜 꽃을
누가
호박꽃도 꽃이냐고
무시했던가

향기는 진동하지 않아도
은은하고 너무 편안한 꽃이다

밭 주변 공터
천하게 버려진 곳에서 피어나는
오랜 친구

아무도 네 앞에서
멈추는 이 없어도

너는 예쁘고 귀여운 꽃

아무도 너에게
찬사를 보내지 않아도

누구도 너를
대신하지 못하는
너는 나만의 호박꽃…

꽃비

활짝 핀 꽃밭에서
향기에 취해
축제를 즐길 때

시샘하던 바람
한바탕 불어와
조용한 꽃밭을
휘감고 지나간다

바람에 요동치던
놀란 꽃잎들
사방으로 날아오르다
떨어져 내리는데

꽃비가 하늘에서
뿌려지는 날이었다.

바람

이른 새벽 바람 불어와
꽃이 피고
그 바람 타고 꽃이 지더라

그 바람 인생에도 불어와
봄날이 되고 겨울도 되는 것을

누가 바람을
고난의 바람이라고 했던가

그 바람 불어와 하늘을 보고
꽃피지 못한 자신을 보았으니

아! 그 세찬 바람
그 속에 숨겨진 신비여
바람 없이 어찌 살겠는가
바람과 함께 사는 인생살이.

봄날에 3

속도에 익숙한 사람들
브레이크 없는 기차다

앞만 보고 달리다 보니
여유가 없을까

이 아름다운 강산
수채화로 그려진
이 예쁜 꽃들을
볼 수 없다니

새 소리도 들리지 않고
코끝을 스치는
라일락 향기도
맡을 수 없는 이들

무엇을 보고 사는가
창조주가 선물한

이 봄날을 잊어버리다니

속도에 매달린 사람들
너무 안쓰러워진다

봄이 다 가기 전에
봄 노래를 들려주고 싶다.

세월

세월보다 빠른 것이
어디 있을까
봄을 실은 육중한 열차가
움직이고 있다

오직 외길로 달려가는 세월을
차창에 비친 풍경들을 보라
아름답지 아니한가

꽃이 피고 지는 순환의 질서 속에
창조주가 만든 저 작품들

누구도 멈출 수 없게 하시고
모두가 다 타야 하는
영원까지 이어지는 투명한 길
세월에 실려가는 봄날이여.

제2부

여름 장마

물에 대하여

너는 공평하여 기우는 법 없고
낮은 곳 달려가고 틈나면 스며들고
더러운 곳 씻어내는 놀라운 능력 있다

모이고 모이면 바다처럼 많아져
동력의 원천 되고 뜨거우면 날아가고
추우면 돌처럼 굳어버리는
너는 모든 생명의 젖줄이 되고
창조주가 만든 가장 귀한 걸작품이다

구름 속에 숨었다가
콩보다 작게 나누어져 내리고
여름날엔 소낙비 되어
총알처럼 떨어져
모닥불에 콩 튀듯 튀어올라 홍수를 이루고
겨울에는 눈 되어 세상을
하얗게 덮어버린다

봄날엔 영롱한 아침 햇살에 비치는
물안개 아름다움 만들고
때론 작은 구슬처럼 풀잎에 앉았다가 사라지는,

너를 보고 사람들은 시를 썼지
넘실대는 강물일 땐 몰랐는데
여름날 갈증 앞에서
흙먼지 쌓인 마른 샘물 가에서
비로소 알게 되는 너의 소중함이여
물, 너는 생명줄이다!

어느 여름날 1

불볕더위다
하늘에는
구름 한 점 없고
아스팔트 길은
녹아내린다

바람도
햇볕에 데워져
온풍으로 변했지만

뜰에 무성한
잡초들은
잘 견디어낸다

잡초처럼
견디면 된다
해마다 그랬듯이
이 무더운 여름도

어느새 밀려가고

가을이 오면
여름날은 추억이 되어
다시
그리워지겠지!

소낙비

사방이 어두워지더니
소낙비 쏴 하고
쏟아져 내린다

강아지와 함께
소낙비 속으로
뛰어가는 아이들
웃는 소리

강아지 짖는 소리가
골목길을 꽉 메운다

이쪽은 비가 오고
저쪽은 햇볕이 내리쬐고

빗물은 튀어오르고
흐르는 물 위로
아지랑이 피어오른다

그림 같다
시원한 여름날의 풍경이
왜 이리 정겨울까
소낙비가 좋은 날.

논두렁에서

별빛 반짝이는
논두렁에 나와 보니

싱그러움 가득 차 오르고
평안이 이불처럼 감싸온다

오랜만에 들어보는 소리
풀벌레, 개구리 소리
일상을 내려놓게 한다

딱딱한 아스팔트
회색빛 도시를 벗어나
저 하늘의 별들을 보니

반딧불 쫓아가던
어린 시절이 생각난다

가슴을 활짝 펴고

두 팔 벌려
풀내음 흠뻑 담아본다

이 싱그러움이여
아득히 먼 그리움이여!

강가에서

강가에 나와
흐르는 강물 보노라면
수없이 많은 별들이
떨어져 흐른다

강물에 쏟아진 별들은
언제 하늘로 올라가나
저녁에 올라갈까

연인들의 선물이 되려면
저녁별이어야 하겠지

강물이 흘러 바다로 가듯
인생도 강물처럼 흘러간다

바람이 강물을 타고
흐르는데
흰구름은 어이해 또

강물로 뛰어드는가

바람이 흐르고
강물이 흐르고
인생도 흐르는 강가.

보리밭

가을에 뿌린 씨앗
겨울을 지나
초여름 추수하는
신이 인간에게 주신
가장 건강한 양식 보리

까칠한 수염은
누구도 접근하지 말라는
오묘한 신변보호 장치

세상에서 가장 높은 고개
보릿고개의 주인공
예전의 들판은 온통
누런 황금물결이었는데
지금은 희귀하다

그때 그 보리밭 생각하면
그리움이 왈칵 밀려온다

힘겹게 넘던 그 고갯길
생각나면 눈물이 핑 도는
그때 그 시절.

매미

금방이라도 숨이
넘어갈 것 같은 소리로
주변을 꽉 채운다

길게 짧게 가늘게 두껍게
귀청이 터져라
내지르는 소리

여름이면 평생 듣는 소리
미물의 소리
무엇을 먹었길래
저런 소리 나오는가

창조주가 저 작은 미물에게
저 요란한 소리의 재능을 주셨으니
신비하다

다 이유가 있을 게다

저 울려퍼지는 소리
누구를 위한 소리인가.

해바라기

어제는 파란 하늘
마음도 가벼웠는데

오늘은 구름이 덮여서
마음이 무겁다

내일은 또 비가 오려나
그러면 내 마음도
비에 젖겠지

날씨를 따라 돌아가는
마음의 해바라기
내 안에 있다

나는 해바라기다.

장마

며칠째인가
쉬임없이 내리는 비

새들은 어디로 갔나
또 들짐승들은

숨쉬는 생명들
세상살이 만만치 않네

무거워도 기울고
가벼워도 기우니

오르락내리락
인생길도 이와 같네

행사처럼 내리는 비
누가 막으리요

장마에 젖은 마음.

폭우

이렇게 많이 퍼부으니
채소가 견디며
논밭인들 견디리요

어젯밤 내린 비
토사가 밀려
운동장이 되었네

농부들 나와
하늘을 쳐다보는 마음을
누가 헤아릴까

우리가 무엇을 하리
하늘에 달린 인생들
쳐다보는 그 마음.

장마철에

알 수 없다
검은 구름 갑자기 나타나
흰구름 새털구름
몰아내고

여기저기 물폭탄 퍼붓고
유유히 사라지니

야속하고 무자비한 구름
오늘 저자를 잡아다가
시베리아로 보내고 싶다

거기서 평생 눈발 날리며
살아라 하고 싶다.

질경이

밟히고 또 밟혀도
쓰러지고 넘어져도
모른척 다시 일어난다

고래 심줄인가
질기고 질긴 생명력
어쩌다 길가에 뿌리를 내렸나

운명이다
한 발짝도 움직이지 못해도
천덕꾸러기 같아도

수레바퀴가 지나가도
자동차가 지나가도
다시 일어나는 오뚝이다

햇빛 받을 때는
활짝 웃는 어린아이!

담쟁이

눈이 있어 보이는 것도 아닌데
담장을 잘도 타고 오른다

너는 못 오를 곳이 없으니
감히 누가 너와 경쟁하겠는가

그 여린 손,
이제 세상에 갓 나온 그 손으로
한 계단 두 계단 기어오른다

거미손을 가진 너는
진정한 정복자다
암벽 등반의 선구자다

느림보 손으로 자신의 영역을
푸른 세상으로 만드는 너는
쉬지 않고 달리는
녹색 마라토너다.

달팽이

느린 것 때문에
늘 생명이 위태로운 달팽이

천적이 우글대는
거칠고 험한 세상
때로는 긴 안테나 세우고
사방을 정탐해도

한순간 실수로 잃어버리는
생명이기에
어떤 때는 굴러떨어지고
어떤 때는 잎사귀 뒤에 숨어야 산다

살아남기 위한
창조주가 주신 지혜다

멸종될 것 같아 보여도
종자를 내는 것은
창조주의 미물 사랑이시다.

일몰

수평선 불타는 구름 사이에
빨간 해가 가라앉는다

아침에 팔팔 끓던 용광로
그 모습 어디 가고
지치고 피곤한 모습이다

하루의 일과를 마치고
조용히 불을 끄고
잠자리로 들어가는 시간

그런데 왜 저녁노을 앞에서
사람들 마음속에 그리움이
밀려드는가

석양 아래 있는 나그네
고향이 생각나고
떠나온 집이 왜 그리워지는가.

어느 여름날 2

파란 하늘 하얀 뭉게구름
두둥실 떠가는데
그리움은 어디서 오는 걸까

젊은 날의 바닷가
그 푸른 파도 밀려오고
밀려가던 그 그림
지워지지 않아서일까

아득히 먼 곳
세월 그 뒤편으로 가버린
청춘의 날들이 아직도
마음에 남아 꿈틀거린다

나는 아직도
철없는 사람인가
그 무덥던 여름날이
그리워지니.

제3부

가을 낙엽

가을이 온다

청춘 같던
초록의 세상
이제 지구 뒤편으로
밀려가고

아직은 수줍은 얼굴로
다가오는 가을

하늘은 언제 알고
저렇게
높이 올라갔나

이제 방금 떠난
여름이
아련히 그리워지네.

귀뚜라미

가을이 시작되니
새벽바람 서늘하다

어떻게 알았을까
여기저기서
귀뚜라미 소리 요란하다

기이하다
창조주가 이런 미물에게도
자연을 감지하는 본능을 주셨으니

귀가 밝아 가까이 가면
소리를 멈추고
주변이 밝아도 소리를 멈춘다

조용한 새벽길
귀뚜라미 소리가 골목길을
꽉 채우고 멀리 멀리 퍼져간다.

가을이 오면

가을이 오면
나는
한 마리 철새가 된다

저 높은
창공으로 올라
별들과 노래하고

금강산 일만이천 봉
단풍도 구경하고

무인도 바닷가
언덕에 서서
그대 이름 불러본다

가을이 오면
나는
석양에

오솔길을 지나는
나그네처럼 분주하고

아무것도 보이지 않는
황량한 들판에서
바람과 함께
서성이기도 한다.

가을 감나무

가을빛 쏟아지는 날
감나무에 달려 있는
누런 감들을 보라

옹기종기 얼굴을 마주보며
따가운 가을빛에
더 가까이 가려고
불쑥불쑥 얼굴을 내민다

잎들을 보라
행여나 가을 그림자 드리울까 봐
스스로 쪼그라들고 오므라드니
누군가 시켰을 거야

기이하다 가을빛 받아
홍시의 꿈 이루라고
누가 가르쳐 주었을까
스스로 오므라들고 있다.

홍시

가을 햇살이
얼마나 뜨거우면
저렇듯 빨갛게 익어
속이 환히 들여다보일까

그 무덥던 여름날
비바람 천둥 번개로
상처난 자국들 어디로 가고

티없이 곱게 익어
주변을 환하게 비치네

깊어가는 가을
오늘도 친구들과 옹기종기
앙상한 가지에 매달려

스쳐가는 바람에
흔들흔들 그네를 탄다.

가을 나무

좋은 시절엔
아무것도 몰랐다

모두가 떠나고
빈 자리 보일 때
알게 되는 인생

푸른 옷 오색 옷
그때는 시샘할 때도
있었는데

어느 날 이웃들 떠나니
그리움 밀려온다

즐거운 시절이었다고
행복했었노라고
말하고 싶은데

바람에 실려간 세월

그 바람 불어온다
가을빛 긴 그림자가
흔들거린다.

이슬

밤새도록
별들이 이슬 되어
내렸다

해가 떠오르면
반짝반짝 비치고
서로서로 눈빛
마주친 후

다시 별이 되어
하늘로 올라갔다

그리고 밤이 되면
다시 내려오려고
몸단장하는 이슬.

낙엽 1

세찬 바람도 아닌데
우수수 떨어지는 잎들

단풍 들고 피멍 들고
아직 푸르러도

때가 되니
모두가 내려앉는
이 이치를 누가 말했나

자연은 흔들리지 않고
지체하지도 않고
순응만 한다

누가 알겠는가
저 미풍에도 내려앉는
의미를.

낙엽 2

입은 옷 다 벗는 날
홀가분히 겨울잠에
들어가려는가

바람이 불면
격하게 요동치다
떨어지더니
이젠 사르르 내려앉는다

운명인가
바스락바스락 발에 밟히고
바람 따라 나뒹군다

먼저 온 친구들 틈이 좋다
마르고 피멍 들고 붉은 옷 입고
옹기종기 서로 감싼다

꽃피던 봄날도 무더웠던 여름도

이슬이 멈추고
서리가 내린다 해도
어디 미련이 있겠는가

바람이 스쳐간다.

어디로 가나

이른 아침 철새 한 마리
하늘가로 날아가네

황금 들판 지나
푸른빛 바래가는 산 넘어
어디로 가는 걸까

물 좋고 정자가 있는 곳
찾아서 가는가

쉬운 인생이 있던가
힘드니까 모두 떠나간다

멀리멀리 날아가는 철새
세월도 빠르게 따라간다.

철새에 대하여

이른 새벽 철새 한 마리
산을 넘는다 어디로 갈까

길을 잃었을까
혼자 가면서 무슨 생각을 할까

사랑하는 사람일까
머물다 갈 고향일까
서러움도 있겠지

뭐 녹록한 인생이 어디 있던가
녹록하다 하면 다 녹록한 것을

모두가 외로움 간직하고
철새 하나 되어 살지 않던가

어디로 가는 걸까
나뭇가지 사이로
홀로 사라지는 철새처럼
인생도 홀로 아니던가.

철새 떼

붉은 저녁노을
점점 사라질 무렵
철새들이 분주하다

이 밤을
어디서 보내려고
어디로 가는 걸까

옛이야기 들려오는
엄마 품 같은 그런 곳을
찾는 것일까

강일지 호수일지 모르지만
가볍게 내려앉아

옹기종기 모여 수다도 떨고
고향으로 갈 꿈도 꾸는
그런 철새들의 밤이 되기를
그려 본다.

가을 강변에서

무성했던 들풀들
빛바래가는 세월의 흔적
쌓여가는 강가에

나는 가을 나그네 되어
추억의 보따리 풀어
흘려 보낸다

그립다
강물에 반짝이는 하늘에
저 멀리 사라지는 철새를 보니
그때 그 사람이 못내 그립다

가을이 되면 왜 우리는 한 마리
철새가 되는가
강변을 서성이는 나그네가 되는가

어찌하여 갈대처럼 기웃거리는가
가을 바람 쉬지 않는 강변에서.

가을엔

가을엔,
한 마리 철새 되어
도도히 흐르는 강물에
살짝 내려앉아
그들의 옛이야기를 듣고 싶다

가을엔,
높은 산봉우리에 올라가
그대 이름 마음껏 불러보고
그대 소식 듣고 싶다

가을엔,
빛바랜 초목들
옹기종기 모여 있는 작은 골짜기
돌들이 노래하는 그곳에 가서
그들과 노래하고 싶다

가을엔,
그리움 가득한 강가에 앉아
대못에 박힌 가슴을
가을빛에 걸어놓고
인생의 가을을 노래하고 싶다.

아련한 가을

오색 황금 물결
눈부시게 화려하고
그 풍성했던 잔치도
이제
지구 뒤편으로 사라지고

아직 수줍은 얼굴로
다가오는 회색빛 겨울,
그 앞에서
이제 방금 떠난 가을이
아련히 그리워지네.

제4부

겨울 나무

겨울 나무

그 무성했던 잎 다 지고
벌거벗은 앙상한 겨울 나무

오늘도 저무는 노을빛 바라보며
깊은 생각에 잠긴다

그때는 몰랐는데 지나고 나니
모두가 아름다운 것을

가슴 설렘으로 가득했던 봄날
청춘의 여름날도
오색 단풍으로 물들던 날도
못내 그립다

앙상한 가지에 영하의 찬바람 지나갈 때마다
윙윙 소리 내며 흔들려도

저 산마루에 걸려 있는
오는 봄 기다리는 나무들
오늘도 설레는 마음으로 저녁을 맞이한다.

겨울 바다

그 파란 물결 넘실대던
모습은 어디 가고

검푸른 모습으로
무겁게 밀려오고
밀려가는 바닷가

바다새들
무엇을 찾아 이리저리
날아다니는가

눈발은 날려 내리고
사람들 발걸음도
멈춘 이 길에

먹구름 덮인 하늘이
금방이라도 내려앉을 것만 같은

인적 없는 바닷가
찬바람만 스쳐간다.

겨울새

궁금하다
어디에서 오고
어디로 가는 걸까

어디서 노숙하고
쉬고 먹는가

눈 덮인 논 가에
옹기종기 모여
무슨 말 하는가

이 추운 날
인삼 녹용이라도
먹었을까

추운 기색
하나도 안 보이니.

풍랑

2,000년 전
갈릴리 바다에 불어닥친 풍랑은

지금도 인생 바다에 불어와
어쩔 줄 몰라한다

세기가 다를 뿐
누구에게나 불어오는 바람을
잠재우고 싶어

나 예수님을 깨운다
바람과 바다가 잠잠해질
그때까지

그는 나의 주님이시요
나의 하나님이시기에.

어린아이

코로나 이전에는
엄마 손 잡고 왔었던
다섯 살 되는
어린아이가

코로나 유행으로
오지 못하다가

오랜만에
엄마와 함께
교회에 왔다

아무도 없는 텅 빈 교회에
들어오면서

오늘은 예배 안 드려요
하고 묻는다

아이의 말에 나는
마음이 울컥해서
아이를 꼭 안아주었다
눈물이 핑 돌았다

코로나로
온라인 예배 드리던 이때를
훗날
이 아이가 기억할까?

코로나는 재앙이었다.

빌라도 법정

흉악한 강도 바라바는
무죄로 석방되고
대신 예수님
사형 언도를 받던 날

세상은 깜깜한데
바라바는 예수님과 마주쳤고
그 눈빛을 보았다

불의의 갈림길이다
그는 날마다 뉘우치고
회개하여
예수님 제자가 되었다니
기이하다

어쩌면 바라바가 나였다
예수님과 바꾼 인생이 되어
살고 있다

지칠 때면
예수님 그 눈빛을 생각하며
다시 힘을 얻는다

빌라도 법정은 내 마음속에
언제나 은혜로 남아 있다.

절규

아! 무거운 십자가
고통의 절규
골고다 언덕에 울려퍼지고

세 개의 대못이 사정없이 박힐 때
피는 튀기고
살이 찢겨 나간다

'엘리 엘리 라마 사박다니'
내가 져야 할 십자가 지시고
그 고통에 운명하셨다

해는 빛을 잃고
땅엔 어두움이 깔리고
붉은 피 땅을 적셔 내리는데

지켜보던 여인들 앞에서
백부장의

"그는 실로
하나님의 아들이었다"고 하는
독백의 소리가
천둥 소리처럼
골고다 언덕 너머로
메아리 되어 울려퍼진다.

주님의 보혈

2,000년 전
골고다 언덕 위의 절규
대못이 살을 찢고 파고드는
고통의 순간에
마음은 오직 죄인들을 향하시고

하늘을 우러러보시고는
아버지여 저희를 사하여 주옵소서
간구하셨던 주님

그때 그 소리는 들을 수 없지만
오직 가슴으로 들리는 소리

그 사건은
살아야 할 주님은 죽으시고
죽어야 할 바라바와 같은
나를 살리셨다

봄날은 밀물처럼 밀려오는데
주님 지신 십자가 앞에서
왜 나는 이렇게 왜소해지는가

주님이 흘리신 보혈로
덤으로 사는 인생이어서일까
내가 사는 것이 기적이다.

선구자 앞에서

편안한 길 뒤로하고
풍요의 땅에서
척박한 이 나라에 와

한 영혼을 살리겠다고 애쓰다가
하늘나라로 먼저 간
우리 형제와 자매들이여

여기 양화진 묘역에 잠든 영령들이여
오늘 이곳에서 당신들을 추억합니다.

계절이 바뀔 때마다 새들은 찾아오는데
찾는 이 드물어도
우리 마음은 늘 바람처럼 찾아옵니다.

언젠가 하늘 그곳에서
우리 만날 것입니다.

당신들의 헌신으로 이 나라가
복음의 국가로
든든히 서 가고 있습니다.

우리는 당신들에게 빚진 자들입니다.
슬픔도 눈물도 아픔도 없는 그곳에서
만날 날을 기대합니다.

평안히 안식하소서.

피란길

걸프전 발발 후에
마지막 전세기를
타려고 다 떠나고

갈 수 없는 교민들
21명 인도하여
리야드 한인교회로 피란길

전세기를 타겠다고
떠나간 그들과 마주쳤는데
기분이 묘하다

캄캄한 밤이 되니
저 멀리 하늘가로
빨간 불덩이 미사일
몇 개가 날아간다

세상에 안전한 피란처가

어디에 있단 말인가

그 밤 서로서로 위로하고
기도하고 찬송을 불렀다
밤이 늦도록.

모래 폭풍

모래 바람 폭풍 되어
회오리친다

하루가 지나면 바뀌는
모래 언덕 지형
기이한 자연이다

봄과 가을에 찾아오는
장마철처럼
반갑지 않아도
겪어야 하는 운명

긴 수건으로 얼굴을 감싸도 들어오는
미세먼지

아무리 화려한 집에도
고급 자동차에도
어디에도 들어온다

예민한 전자 장비
경계하는 1호 적

집을 나서면 모두가
하얀 좀비가 된다.

미션

한 권의 성경책 가슴에 품고
동부에서 서부까지 왕복 2,700km

캠프에 도착
열두 명의 말레이 형제들이
기다리다 환호해 주는데 눈물이 난다

지체할 수 없어
친구와 교대로 운전대를 잡았으나
몸은 천근만근이다

성경 반입으로 추방당한
친구 생각에 정신이 번쩍 들었다

밤에는 꼭 달나라 같은 사막 계곡
사이사이를 동이 트도록 달렸다

긴긴 거리
시간이 흐르고 긴장도 풀린다
눈꺼풀이 붙는다.

신기루

사막 지평선
오아시스가 보인다

야자나무 사이로 흐르는 샘물 가
파란 잔디

멀리서 지나가는
낙타들의 이동

신기해서 한참 동안
달리다 보니 사라졌다

수많은 사람들
여기에 홀려
낭패를 당했으니

기이한 현상이 일어나는
사막은 만만하지 않다

바람 따라 지형이 바뀌는
신비한 곳이기도 하다.

오아시스에서

사막 깊숙이 들어가다
오아시스를 만났다

말로만 들었던
작은 샘물
점점 내려가니
샛강처럼 커지다가
점점 사라진다

한 동네가 살 물이
흐르다가 사라지니
기적 같다

주변에 풀도 있고
나무도 자라나고
물고기도 있다

이곳을 지나면서

얼마나 많은 사람들이
이 물을 마셨을까

이글거리는 해 아래
이 생명의 물 앞에서
그들은
무슨 생각을 했을까.

십자가 종탑

한때는 새벽을 깨우고
예배를 알려주던 종탑에서
울려퍼지던 종소리

이제 멈추고
재개발 지역에 홀로 남아
노병처럼 지난날을 회상한다

영혼들을 깨우던
종 치던 사람들 어디 가고
녹슬어 버린 몸뚱이 사이로
세찬 바람만 스쳐가니
세월이 무정하다

오늘도 새들이 찾아와
한참 동안 머물다 갔는데
무슨 수다를 떨었을까

긴 그림자 잠들어 버린 오후,
또 이렇게 봄날이 간다.

제5부

나의 계절

내 어머니는

노년 인생이 행복해야 한다고
늘 기도했는데,

어느 날인가 어머니가 치매에 붙잡혀
인생 말년에 다른 사람으로 사셨다

무슨 생각을 하시는지 늘 생각에 잠겨 있고
초점 잃은 눈동자로 응시하며
"누구세요" 하셨던 어머니

열아홉에 시집와 육이오 때 남편 잃고
두 남매 키우면서 고생하셨는데
인생 말년에 모든 것을 잃으셨다

믿음으로 살려 애썼고
기도도 열심히 했는데
치매를 비켜가지 못했다
날마다 밖으로 나가시려 하신다

부끄러운 가출 신고
셀 수도 없다

그러던 어느 날,
캄캄한 밤 지나
치매 없는 그 밝은 새벽이
다시 오게 해 달라고 기도했지만

응급실 하얀 시트에 덮여
하얀 나비 되어 하늘로 날아가셨다
어머니 92세에 나는 다시 죄인이 되었다.

그때

그때 그 순간이 있어
나 여기 있네

팔팔하던 청년에게
찾아온 병마
지치고 지친 3년

병명도 없이
갈기갈기 찢어진 인생살이

약도 없이 버려진
생명줄 잡으려고

마지막 작정기도
기적같이 회복되었다

날마다 주님과 약속
살려주시면

주님 일 하겠다고 했는데

그리고 세월이 흘러
그 약속 지킨 셈이다

그때 이후로 무수한 기적을 보았고
지금도 보고 있다.

보름달

터질 듯 두둥실 떠 있는
둥근 보름달
금방 내 가슴에 뚝 떨어져
안길 것만 같다

누가 무슨 사연을
저렇게 많이 채웠을까
시를 쓰고, 노래를 부르고
눈물도, 소원도 담고
사랑의 편지를 써서
빼곡히 넣었으리라

터질 듯 부풀어오른 풍선 되어
서쪽으로 날아가는 보름달
필경 서쪽에는 하늘 창고가
있나 보다

거기서 다 퍼 내린 후에
다시 실눈으로 나타난다.

도마

잔인한 운명이다
맞고 또 맞아
찢어지고 부스러지는
잔인한 존재다

수없이 많은 재료가
나와 칼 사이에서
잘려지고 다져졌다

일류 요리사도
내가 없으면 되겠는가

요리 명장들의
과분한 사랑을 받는

나는 부엌의 귀한 존재
내 이름은 도마다.

하늘로 간 친구

먼지 하나 묻어도 손끝으로
툭 털어야 길 가는 친구
올곧게 살려고 불의 앞에서
까칠했던 친구

내 몸이 허약해졌다 하더니
나중에는 질병과 싸우다가
하늘의 부름을 받았다

하얀 새 되어
하늘 끝으로 날아가기 전
하얀 시트에 덮여
무거운 눈꺼풀 몇 번 움직이더니
뭐라 말했지만

들을 수 없었다
고맙다는 인사겠지
천국에서 만나자는 인사겠지

그리고 눈을 감았다

이틀 후면 재가 되는 그 밤
뜬눈으로 밤을 새우는 동안
함께했던 날들이 필름처럼 지나갔다

실로 찰나와 같은 날들
잠깐 있다가 없어지는 안개였고
빈손으로 왔다 빈손으로 가는
인생이었다.

인생무상

수년 동안 병실을 오고 가던 친구
1인실로 들어가던 날
세상을 떠나 천국으로 훨훨 날아갔다

모든 것을 다 놓고
육중한 체구가 한 줌 재 되어 나오는데
어디선가 뻐꾸기 소리가 들린다

오늘도 많은 차량에 타고 왔을 사람들
인생무상을 보았거늘

일상으로 돌아가는 시간
모두 다 잊고
처절한 싸움판의 전사가 되겠지

내리던 비 그치고
햇살 살짝 드러날 때
구름 속 저편에서

씩 웃는 친구 모습
살짝 보이다가 사라진다

지나간 세월은 어제와 같은데
세월 그 끝에서 인생무상을 본다
이슬 같은 인생이었다.

옛 친구

몇십 년 만인가
주름으로 덮인 옛 얼굴
아련하게 남아
그때를 더듬어 보네

너무 많이 변해버린 모습
흐르는 세월 앞에
온전한 것이 있겠는가

철이라도 온전할까
무정한 세월 타고
본향 향해 가는 인생들

우리는 손 잡고 한참 동안
웃고만 있었네.

버스 정류장에서

어디서 와서 어디로 가는 걸까
내리고 타는 사람들로 북적거린다

어디론가 제각각 떠나야 할 사람들
행여나 놓칠세라
눈을 떼지 못한다

아이에서 젊은이
주름 깊은 어르신들
험한 세상 헤쳐가는 용사들이다

가야 할 길이 다르고 목적이 다르더라도
떠나가는 사람들

모두가 길 가는 나그네 인생 되어
분주하게 돌아가는

버스 정류장은
본향을 찾아가는 인생 정류장이다.

노인

세월에 밀려
봄, 여름 가고
가을의 한복판

추수가 끝났으니
바람 불어도
거칠 것이 없다

머리엔 흰눈이
수북히 내리고
주름이 온몸을 덮어도

밀려서 가는 여정
무슨 미련이
있겠는가

온기가
점점 식어지는 나날들
이 가을빛
봄빛만큼이나 귀하다.

거울 앞에서

그 팽팽했던
젊은 날의 모습
아련히 남아

주름진 얼굴
펴보고 당겨보고
웃어도 본다

봄날도 여름도 가고
가을 어느 모퉁이에 서 보니

그 많은 세월
저 멀리 가버린 흔적
지울 수 없지만

그래도 생각은 아직
청춘으로 남아

거울 앞에 설 때마다
씩 웃고 돌아선다.

지팡이에 대하여

다 크기도 전에
잘려 나갔다고 한탄만 했는데

어느 날
어느 집 현관에
나는 지팡이가 되어
비스듬히 서 있었으니
내일 일은 알 수 없다는 말이
실감난다

나의 사명은
미끄러운 언덕길,
내리막 길, 평지에서
주인과 동행하는 일이다

주인은 오늘도 화창한 날이라며
외출 준비를 하니
마음이 설레인다

빗자루가 하늘로 날았다는데
나도 오늘 주인을 태우고
저 푸른 하늘로 날아가고 싶다.

돋보기

나는
할아버지의 친구,

안경이 있는데도
나를 찾아 날마다
신문과 책을 읽으신다

희로애락 신문의 뉴스를 읽을 때
웃기도 하시고
화도 내시는 할아버지

오늘 아침에는 많이 웃으셨다
좋은 소식을 읽으셨나 보다

날마다 할아버지의 눈이 되어주는
나는 행복한 돋보기.

풍선

푸른 가을 하늘
창공 저편으로

그대와 함께 띄우고 싶어
빵빵하게 채운 풍선

그대가 그만
토라지는 바람에
바람이 다 빠져버렸네

풍선의 바람 빠지던 날
커피만 잔뜩 마시고
배만 빵빵하게 채우고
돌아왔네.

호떡 이야기

시장 어귀
둥근 해 가리게
지붕 삼은 호떡집
사람들 줄지어서 기다린다

차례가 되어
호떡 하나 사들고
입이라도 델까 봐
호호 불며 먹는 떡

배가 출출하고
주머니 비어갈 때
지나칠 수 없는 집

생긴 모양 별로이고
먹는 모습 별로지만
맛은 그만이다

겨울에 더 맛있는
길거리 호떡집
주머니 두둑하면
보이지 않는 집!

왜가리

추수한 가을 논
물 고인 곳에 자리잡고

부리를 작살 삼아
크든 작든 걸리면
잽싸게 낚아채어
씻는 여유까지 부린다

겨울에는 샛강으로 옮겨
숙식까지도 거기서 하니

평화는 부리에서 떨어져 나가고
퍼덕퍼덕 몸부림치는 소리만
간간이 들린다

정글의 사자 발톱 같은
날카로운 저 부리를 봐

눈은 바람에도 껌벅이지 않고
저렇게 집중하고 있으니

이것이 자연의 법칙이라 해도
이러다가는 씨가 마르겠네.

손거울을 보며

긴긴 세월
주인의 손에서 사랑받던
부서진 손거울
누군가 낮은 담장 위에 살짝 올려놓았다

수백 번 수천 번 주인의 얼굴 비추면서
사랑받던 거울이 부서지고 깨어지니
안타까움 남아서였을까

한때는 황진이가 보물처럼 아끼던
그 손거울 부럽지 않았건만
깨어지니 그만이다

인생도 깨어지기 전까지다
유리컵처럼 깨어지면
부서진 손거울이 되고 만다

이 세상에 영원한 것이 있겠는가
모두가 깨어질 피조물들이다.